AF602395

1905 (février, 9)

VENTE
Hôtel Drouot — Salle N° 6
le Jeudi 9 Février 1905
à 2 h. 1/2

Tableaux et Études

PAR

A. CHINTREUIL

composant la Collection

DE

Jean DESBROSSES

Commissaire-Priseur
Me André COUTURIER
Successeur de Me Léon TUAL

Experts
MM. J. CHAINE & SIMONSON

Paris 1905

Collection de M. Jean Desbrosses

TABLEAUX & ÉTUDES

PAR

A. CHINTREUIL

DONT LA VENTE AURA LIEU

HOTEL DROUOT — Salle N° 6

le Jeudi 9 Février 1905, à 2 heures 1/2

Me André COUTURIER
COMMISSAIRE-PRISEUR
Successeur de Me LÉON TUAL
56, Rue de la Victoire

MM. J. CHAINE & SIMONSON
EXPERTS
19, Rue Caumartin

CHEZ LESQUELS ON DÉLIVRE LE CATALOGUE

EXPOSITION PARTICULIÈRE
Le Mardi 7 Février 1905

EXPOSITION PUBLIQUE
Le Mercredi 8 Février 1905, de 1 h. 1/2 à 5 h. 1/2

CONDITIONS DE LA VENTE

Elle sera faite au Comptant.

Les acquéreurs paieront *Dix pour Cent* en sus du prix d'adjudication.

L'exposition mettant le public à même de se rendre compte de l'état et de la nature des objets, aucune réclamation ne sera admise une fois l'adjudication prononcée.

NOTA. — On peut consulter chez MM. CHAINE ET SIMONSON, experts, le Catalogue de la *Vie et l'Œuvre de A. Chintreuil,* par A. DE LA FIZELIÈRE, CHAMPFLEURY, F. HENRIET, édité par CADART, libraire-éditeur (1874), sous la Direction M. JEAN DESBROSSES.

Tous les Tableaux et Etudes faisant partie de la vente de la Collection JEAN DESBROSSES *portent sur le châssis le cachet à la cire ci-contre:*

CHINTREUIL

PAR JEAN DESBROSSES

Les tableaux, études, esquisses de CHINTREUIL *que nous présentons aujourd'hui au public, composaient la Collection de* JEAN DESBROSSES *qui fut, comme on sait, l'ami du peintre, son compagnon de toutes les heures et son légataire universel.*

CHINTREUIL *lui laissa tout ce qu'il possédait — son atelier; — mais avec une délicatesse rare et un absolu désintéressement,* DESBROSSES *voulut que ce qu'il avait reçu de son ami, profitât à sa mémoire et tournât à sa glorification ; c'est dans cette pensée qu'il organisa à l'Ecole des Beaux-Arts, en mai 1874, une Exposition posthume des œuvres de ce paysagiste tendre et délicat qui fut une révélation, et qu'il publia la même année, à grands frais, un splendide catalogue où tout l'œuvre de* CHINTREUIL *est noté, décrit, gravé avec la plus scrupuleuse exactitude. Cet ouvrage qui est à l'œuvre de* CHINTREUIL *ce qu'est " le Livre de vérité " à l'œuvre de* CLAUDE LORRAIN, *constitue pour les amateurs un excellent moyen de contrôle.*

Quand il y a doute sur l'authenticité d'une toile attribuée à CHINTREUIL, *on peut donc consulter le catalogue Cadart. Si d'aventure quelques faux Chintreuil ont pu se glisser dans le public par ignorance ou mauvaise foi, le cas ne saurait se présenter aujourd'hui, et l'amateur peut surenchérir en toute confiance, car chacune des peintures que nous lui offrons, a ses papiers en règle, ses références et son indiscutable certificat.*

Mieux encore, du reste, que par le Catalogue Cadart, l'authenticité de ces œuvres exquises est démontrée par leur charme discret, leur patine si doucement veloutée, leur intimité si particulière et leur "faire" intraduisible.

S'il est permis au vieil ami qui fréquente dans l'atelier depuis plus d'un demi-siècle d'apporter aussi son témoignage personnel, j'affirme que je connais de longue date ces fines perles qui firent si longtemps le régal de mes yeux et qu'elles sont aujourd'hui aussi intactes, aussi pures, aussi fraîches, qu'au jour où elles reçurent le dernier coup de pinceau du peintre.

Citer, c'est exclure. Je ne retiendrai donc de ce suave bouquet d'études que les deux pages capitales qui précisent deux dates importantes de la vie de l'artiste et les deux manières caractéristiques de sa carrière.

Le premier de ces chefs-d'œuvre : POMMIERS EN FLEUR (Igny, 1850) *avec ses verts de qualité rare, à la fois opulents et doux, inessayés avant lui, chante le printemps, la jeunesse et l'espoir. Dans le second,* LA PLUIE (La Tournelle-Septeuil, 1859), *l'orage se déchaîne, le vent siffle dans la clairière désolée, l'averse fouette les buissons et les bruyères.*

Il semble qu'en peignant la nature en ses colères, CHINTREUIL *ait voulu exprimer les amertumes de son âme et le cri de ses souffrances. C'est tout un poème de désespérance que sentiront mieux encore ceux qui ont connu le malheureux artiste.*

Que les amateurs se le tiennent pour dit. Nous mettons aujourd'hui sous leurs yeux tout ce qui reste à J. DESBROSSES *des œuvres de son ami. Certes, il croyait ne se séparer jamais de ces précieuses reliques ; mais que sont, hélas ! nos « jamais » et nos « toujours » devant la minute fatale qui nous surprendra bientôt, demain peut-être ! Puisque nous ne pouvons emporter avec nous dans la tombe les objets qui nous sont le plus chers, ne vaut-il pas mieux en faire le sacrifice avant d'y descendre, ne fût-ce que pour leur faire un meilleur sort en présidant nous-mêmes à leur inévitable dispersion ? C'est à quoi notre ami s'est résolu, non sans un cruel déchirement de cœur.*

Mais l'heure n'est plus des pensers moroses. Place au doux poète, au fervent de la nature, qu'est CHINTREUIL ! *La parole est à l'expert. En avant les enchères !*

FRÉDÉRIC HENRIET.

COLLECTION

DE

M. Jean DESBROSSES

N° 1

Tableaux et Etudes

PAR

A. CHINTREUIL

1. — La Pluie; Clairière de Bois.

De gros nuages ballonnés se heurtent dans le ciel, l'orage gronde, la pluie tombe à torrent; le vent siffle dans les taillis, les chevreuils s'effarent, mille ruisseaux improvisés courent en les couchant dans les grandes herbes. Il semble que le peintre, en déchaînant la tempête sur sa toile, ait voulu y dramatiser l'expression de ses souffrances morales.

Biographie de Chintreuil, par Frédéric HENRIET. Journal *L'Artiste*, numéro du 24 octobre 1858.

Salon de 1859; Exposition universelle de 1867.

No 195 du Catalogue *La Vie et l'Œuvre de Chintreuil*, édité par CADART 1874.

No 124 Catalogue de l'*Exposition à l'Ecole nationale des Beaux-Arts 1874.*

SIGNÉ A GAUCHE. Hauteur 0m55 — Largeur 0m73

2. — Le Pont de Favreuse, à Igny, effet d'automne.

No 97 du Catalogue de l'*Exposition à l'Ecole des Beaux-Arts 1874.*

SIGNÉ A GAUCHE. Hauteur 0m82 — Largeur 0m66

3. — Deux pommiers ; dernières fleurs ; Vallée d'Igny.

No 141 du Catalogue édité par CADART.

No 93 du Catalogue de l'*Exposition à l'Ecole des Beaux-Arts.*

SIGNÉ A DROITE. Hauteur 0m52 — Largeur 0m67

4. — Vue panoramique prise sur les hauteurs du bois de Millemont.

Étude qui servit à l'exécution du tableau "*L'Espace*" Musée du Louvre.

No 363 du Catalogue édité par CADART.

SIGNÉ A GAUCHE. Bois: Hauteur 0m20 — Largeur 1m03

5. — Le Ru de Carnette.

Un ravin pierreux et desséché au milieu de terrains escarpés et de broussailles; au sommet du ravin, plateau en friche, masse d'arbres lointains et horizon très élevé dans la toile.

No 186 du Catalogue de l'*Exposition à l'Ecole des Beaux-Arts.*

SIGNÉ A GAUCHE. Hauteur 0m50 — Largeur 1m03

N° 2

6. — Genêts en fleur.

N° 367 du Catalogue édité par CADART.

SIGNÉ A DROITE. Hauteur 0m54 — Largeur 0m69

7. — Fontaine près d'un Bouquet de Saules.

N° 270 du Catalogue édité par CADART.

SIGNÉ A GAUCHE. Hauteur 0m51 — Largeur 0m64

8. — Roches et Terrains éboulés, ciel gris.

N° 201 du Catalogue édité par CADART.
N° 129 du Catalogue de l'*Exposition à l'Ecole des Beaux-Arts 1874.*

SIGNÉ A GAUCHE. Hauteur 0m53 — Largeur 0m66

9. — Savart sur la lisière d'un champ de blé, à droite un plant de choux.

N° 260 du Catalogue édité par CADART.

SIGNÉ A DROITE. Hauteur 0m36 — Largeur 0m71

10. — Sureaux et prés fleuris, baignés de Soleil.

N° 225 du Catalogue édité par CADART.
N° 142 du Catalogue de l'*Exposition à l'Ecole des Beaux-Arts 1874.*

SIGNÉ A DROITE. Hauteur 0m34 — Largeur 0m56

11. — L'Eglise d'Igny; effet du matin.

N° 33 du Catalogue édité par CADART.

SIGNÉ A GAUCHE. Hauteur 0m52 — Largeur 0m67

12. — Cerisier en fleur ; les fonds de Mantes ; aurore.

SIGNÉ A GAUCHE. Hauteur 0m53 — Largeur 0m68

13. — La mare au vieux Saule.

SIGNÉ A GAUCHE. Hauteur 0m43 — Largeur 0m60

14. — Prairie d'Igny et les côtes du bois de Verrières; effet du matin.

SIGNÉ A GAUCHE. Hauteur 0m46 — Largeur 0m61

15. — Le vieux Saule.

SIGNÉ A DROITE. Hauteur 0m42 — Largeur 0m60

N° 3

16. — La Plaine au temps des avoines; lever de lune.

Première pensée du tableau du Salon de 1867 appartenant au *Musée de Rochefort.*

N° 283 du Catalogue édité par CADART.

N° 166 du Catalogue de l'*Exposition à l'Ecole des Beaux-Arts 1874.*

SIGNÉ A DROITE. Hauteur 0m35 — Largeur 0m72

17. — Clair de Lune; Igny.

N° 158 du Catalogue édité par CADART.

SIGNÉ A GAUCHE. Hauteur 0m54 — Largeur 0m73

18. — Coteau d'Igny.

N° 143 du Catalogue édité par CADART.

SIGNÉ A GAUCHE. Hauteur 0m52 — Largeur 0m68

19. — La vanne du Moulin de la Planche; La Tournelle.

SIGNÉ A GAUCHE. Hauteur 0m48 — Largeur 0m64

20. — La vallée de Courgent; printemps.

SIGNÉ A GAUCHE. Hauteur 0m53 — Largeur 0m68

21. — Intérieur de Bois.

SIGNÉ A GAUCHE. Hauteur 0m75 — Largeur 0m52

22. — Ruisseau de la Seigneurie à Courgent.

N° 287 du Catalogue édité par CADART.

SIGNÉ A GAUCHE. Hauteur 0m52 — Largeur 0m66

23. — Clairière sur les hauteurs de Courgent; les fonds de Rozay.

SIGNÉ A DROITE. Hauteur 0m68 — Largeur 0m52

24. — Étude de Terrains; Bas-Meudon.

N° 4 du Catalogue édité par CADART.

SIGNÉ A GAUCHE. Hauteur 0m48 — Largeur 0m53

25. — Mare et Ferme de Moyencourt; La Tournelle.

SIGNÉ A GAUCHE. Hauteur 0m43 — Largeur 0m59

26. — Effet de Nuit.

A droite une maisonnette où brille une lumière; groupe d'arbres; sur le chemin une femme chargée d'herbes.

N° 502 du Catalogue édité par CADART.

SIGNÉ A DROITE. Hauteur 0m32 — Largeur 0m40

27. — Saule brisé.

SIGNÉ A GAUCHE. Hauteur 0m49 — Largeur 0m63

28. — L'Étang.

N° 232 du Catalogue édité par CADART.

SIGNÉ A DROITE. Hauteur 0m53 — Largeur 0m69

29. — La Plaine de Courgent au soleil couchant; effet de neige. Bande de Corbeaux.

N° 413 du Catalogue édité par CADART.

SIGNÉ A GAUCHE. Hauteur 0m32 — Largeur 0m52

30. — Ruisseau de Courgent.

SIGNÉ A GAUCHE. Hauteur 0m27 — Largeur 0m39

31. — Parc Monceau; effet du matin.

N° 10 du Catalogue édité par CADART.

SIGNÉ A GAUCHE. Hauteur 0m30 — Largeur 0m23

32. — Le Val d'Enfer; crépuscule.

SIGNÉ A GAUCHE. Hauteur 0m22 — Largeur 0m40

33. — Le Buisson; terrains à Montmartre.

N° 19 du Catalogue édité par CADART.

SIGNÉ A DROITE. Hauteur 0m23 — Largeur 0m32

34. — Étude dans le Parc Monceau.

SIGNÉ A DROITE. Hauteur 0m23 — Largeur 0m30

35. — Les Fours à Chaux à Montmartre.

N° 3 du Catalogue édité par CADART.

SIGNÉ A DROITE. Hauteur 0m22 — Largeur 0m31

N° 11

36. — Route de St-Denis à Montmartre.

N° 2 du Catalogue édité par CADART.

SIGNÉ A GAUCHE. Hauteur 0m11 — Largeur 0m28

37. — Lever de lune sur les Fortifications.

Étude pour le « *Petit Voyageur* ».

N° 504 du Catalogue édité par CADART.

SIGNÉ A GAUCHE. Hauteur 0m14 — Largeur 0m31

38. — Soleil couchant à Igny.

SIGNÉ A GAUCHE. Hauteur 0m22 — Largeur 0m28

39. — Parc Monceau; effet du matin.

N° 10 du Catalogue édité par CADART.

SIGNÉ A DROITE. Hauteur 0m30 — Largeur 0m23

40. — Sur Souche de Chêne.

N° 105 du Catalogue édité par CADART.

SIGNÉ A GAUCHE. Hauteur 0m16 — Largeur 0m24

41. — Pleine Mer; effet du soir; Boulogne.

N° 457 du Catalogue édité par CADART.

SIGNÉ A DROITE. Hauteur 0m25 — Largeur 0m37

42. — L'Étang de Villebon.

N° 25 du Catalogue édité par CADART.

SIGNÉ A GAUCHE. Hauteur 0m21 — Largeur 0m29

43. — La Terrasse du Château de Boves.

N° 171 du Catalogue édité par CADART.

SIGNÉ A GAUCHE. Hauteur 0m24 — Largeur 0m43

44. — Chêne étêté sur le plateau du bois; au fond coteau boisé; Effet du matin.

N° 322 du Catalogue édité par CADART.

SIGNÉ A DROITE. Hauteur 0m27 — Largeur 0m34

45. — Bouquet de Jeunes Chênes.

N° 93 du Catalogue édité par CADART.

SIGNÉ A DROITE. Hauteur 0m30 — Largeur 0m39

N° 12

46. — La Mare aux Lentilles; Igny.

Nappe d'eau transparente dont la fraîcheur est protégée contre l'ardeur du soleil par les saules et les touffes de bois qui l'entourent.

No 151 du Catalogue édité par CADART.

SIGNÉ A DROITE. Hauteur 0m32 — Largeur 0m41

47. — Les Ruines de la Féerie à la Tournelle.

Masure en ruine au milieu des bois; on aperçoit près de la baie ouverte la porte d'une cave en partie comblée par les éboulements.

No 223 du Catalogue édité par CADART.

SIGNÉ A GAUCHE. Hauteur 0m32 — Largeur 0m42

48. — La Mare au vieux Saule.

No 422 du Catalogue édité par CADART.

SIGNÉ A GAUCHE. Hauteur 0m32 — Largeur 0m41

49. — Groupe d'arbres au bord d'une route; Automne.

No 47 du Catalogue édité par CADART.

SIGNÉ A GAUCHE. Hauteur 0m23 — Largeur 0m15

50. — Carrière dans le bois d'Igny.

N° 122 du Catalogue édité par CADART.

SIGNÉ A GAUCHE. Hauteur 0m41 — Largeur 0m32

51. — Souche de Chataignier dépouillé de ses feuilles.

N° 106 du Catalogue édité par CADART.

SIGNÉ A DROITE. Hauteur 0m16 — Largeur 0m24

52. — Etude de Broussailles au bord d'un ruisseau; Bas-Meudon 1846.

N° 1 du Catalogue édité par CADART.

SIGNÉ A GAUCHE. Hauteur 0m23 — Largeur 0m31

53. — Dans le Parc Monceau le matin.

N° 7 du Catalogue édité par CADART.

SIGNÉ A DROITE. Hauteur 0m24 — Largeur 0m31

54. — L'Etoile.

Première esquisse pour le tableau appartenant au *Musée d'Amiens*.

SIGNÉ A DROITE. Hauteur 0m28 — Largeur 0m41

N° 17

55. — Le Pont du Moulin de Lépierre.

Jeté sur la petite rivière de la Vaucouleurs qui occupe le milieu du tableau, il met en communication le champ de gauche avec le moulin dont on aperçoit à droite les hangars encombrés.

N° 345 du Catalogue édité par CADART.

SIGNÉ A DROITE. Hauteur 0m41 — Largeur 0m33

56. — Orage dans les plaines de la Tournelle.

Esquisse.

SIGNÉ A GAUCHE. Hauteur 0m39 — Largeur 1m05

57. — Les Chaumes; Lever de Lune.

Esquisse.

N° 334 du Catalogue édité par CADART.

SIGNÉ A GAUCHE Hauteur 0m35 — Largeur 0m98

58. — Pleine-Mer au Croissant; Fécamp.

N° 438 du Catalogue édité par CADART.

SIGNÉ A GAUCHE. Hauteur 0m43 — Largeur 0m67

59. — Le Pont et le Chemin des Groux.

No 390 du Catalogue édité par CADART.

SIGNÉ A GAUCHE. Hauteur 0m41 — Largeur 0m67

60. — Genêts et Herbes sèches.

Esquisse.

No 359 du Catalogue édité par CADART.

SIGNÉ A GAUCHE. Hauteur 0m43 — Largeur 0m64

61. — Le Vallon de Montchauvet; soleil du matin.

SIGNÉ A GAUCHE. Hauteur 0m41 — Largeur 0m65

62. — La Tournelle; effet du soir.

SIGNÉ A GAUCHE. Hauteur 0m44 — Largeur 0m54

63. — Les Dunes d'Equihen.

Esquisse.

SIGNÉ A GAUCHE. Hauteur 0m45 — Largeur 0m73

64. — Prairie dans le parc de Millemont.

SIGNÉ A GAUCHE. Hauteur $0^{m}36$ — Largeur $0^{m}73$

65. — Rosée du matin dans la prairie à la Tournelle.

SIGNÉ A GAUCHE. Hauteur $0^{m}43$ — Largeur $0^{m}69$

66. — Champ de Sainfoins en coupe à la Tournelle.

SIGNÉ A GAUCHE. Hauteur $0^{m}35$ — Largeur $0^{m}68$

67. — Dans les bois de la Tournelle.

SIGNÉ A GAUCHE. Hauteur $0^{m}30$ — Largeur $0^{m}62$

68. — Etude de Roches à la Tournelle.

N° 258 du Catalogue édité par CADART.

SIGNÉ A GAUCHE. Hauteur $0^{m}20$ — Largeur $0^{m}35$

69. — Etude de Chaumière à Jouy.

N° 40 du Catalogue édité par CADART.

SIGNÉ A GAUCHE. Hauteur 0m27 — Largeur 0m35

70. — Dans le Parc de Millemont.

SIGNÉ A GAUCHE. Hauteur 0m50 — Largeur 0m37

71 — Le Pont de la Ruine de Binanville; soleil doré du soir.

Esquisse ayant fourni les éléments de la composition du tableau " *La Ruine aux Flamants* ".

N° 313 du Catalogue édité par CADART.

SIGNÉ A GAUCHE. Hauteur 0m32 — Largeur 0m41

72. — Les Ruines du Château de Boves; crépuscule.

SIGNÉ A GAUCHE. Hauteur 0m28 — Largeur 0m36

73. — Le Cerf aux écoutes.

SIGNÉ A GAUCHE. Hauteur 0m56 — Largeur 0m47

N° 75

74. — Les Saules dans les Prés.

N° 39 du Catalogue édité par CADART.

SIGNÉ A GAUCHE. Hauteur 0m23 — Largeur 0m15

75. — La Route des Groux ; La Tournelle.

La route est bordée de pommiers, fonds au soleil, premier plan dans l'ombre.
N° 412 du Catalogue édité par CADART.

SIGNÉ A GAUCHE. Hauteur 0m40 — Largeur 0m58

76. — Étude de Ciel au soleil couchant ; Plaine aux environs d'Amiens.

N° 176 du Catalogue édité par CADART.

SIGNÉ A DROITE. Hauteur 0m18 — Largeur 0m40

77. — Lisière de Bois ; Automne.

N° 256 du Catalogue édité par CADART.

SIGNÉ A GAUCHE. Hauteur 0m25 — Largeur 0m35

78. — Le Bouleau blanc ; Bois taillis en Automne.

N° 46 du Catalogue édité par CADART.
SIGNÉ A DROITE. Hauteur 0m24 — Largeur 0m16

79. — Dunes d'Equihen; mer moutonneuse.

N° 447 du Catalogue édité par CADART.

SIGNÉ A DROITE. Hauteur 0^m25 — Largeur 0^m37

80. — Chemin aux Bœufs ; Igny.

SIGNÉ A GAUCHE. Hauteur 0^m27 — Largeur 0^m28

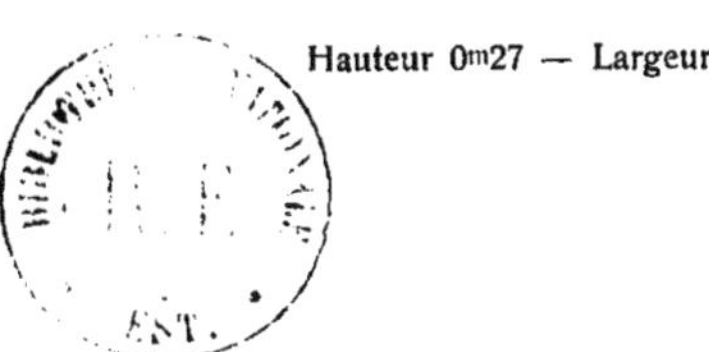

www.ingramcontent.com/pod-product-compliance
Ingram Content Group UK Ltd.
Pitfield, Milton Keynes, MK11 3LW, UK
UKHW020449180726
13839UKWH00004B/1721

9 782329 477343